U0691355

沙钟

木石 著

长江出版传媒　长江文艺出版社

图书在版编目（CIP）数据

沙钟 / 木石著. -- 武汉 ： 长江文艺出版社，2025.

1. -- ISBN 978-7-5702-3766-1

Ⅰ．I227

中国国家版本馆 CIP 数据核字第 2024SA2643 号

沙钟

SHAZHONG

责任编辑：郭良杰　　　　　　　　　责任校对：程华清
封面设计：胡冰倩　　　　　　　　　责任印制：邱　莉　王光兴

出版：长江出版传媒　长江文艺出版社
地址：武汉市雄楚大街 268 号　　　　邮编：430070
发行：长江文艺出版社
http://www.cjlap.com
印刷：湖北新华印务有限公司

开本：880 毫米×1230 毫米　　1/32　印张：6.5
版次：2025 年 1 月第 1 版　　　　2025 年 1 月第 1 次印刷
行数：3230 行

定价：58.00 元

版权所有，盗版必究（举报电话：027—87679308　　87679310）
（图书出现印装问题，本社负责调换）

木 石

本名王安琪，西安市作家协会会员。诗歌作品见于《星星》《飞天》《诗潮》《金城》等刊，小说作品见于《陕西工人报》。

序

人　邻

　　用木石做笔名，尤其是一个美好的小女子，是叫人有些讶异的。《孟子·尽心上》里有"舜之居深山之中，与木石居，与鹿豕游"，是将木石完全自然化。而《周书·文帝纪上》则说："纵使木石为心，犹当知感；况在生灵，安能无愧！"用木石做笔名，究竟是什么意思？是安心要拒绝矫情，还是就因为喜欢这两个字——"木"和"石"？

　　她的这些诗稿，我大多读过；再次一路读下来，有惊喜，有感慨，也叫人觉得这个人怎么会写出这样一些几乎是匪夷所思的诗来。但无疑的是，六七年过去，也许更久，她的这些诗已经可以叫人认真读读了。她也并不想着所谓的名。所谓的名是什么呢？她只是遵从自己的内心，只是写，便好。她亦不急，几乎亦不投稿，在偶尔的督促下，才试一下。安静写作，心无旁骛，这才是写作之道。她编选出版这本诗集，也许不过是她自己觉得到了某个年龄，想自我留念，刻下一道痕迹而已。

　　这些诗，不时叫人沉浸其中，往窗外看看，想说一些什么；可停下来想想，又不知可以写些什么。这些诗，是一些景象，一个人，一点清晰而又不甚清晰的想法；一点冷，一点透着冷的热；一点决绝、深情、淡而不淡的并不伤感的忧伤；一点小女子的天高云淡，静默的体味，偶尔的俏皮调侃，人间烟火的远眺。

我深知，谈论一个人的诗，即便是看起来恰切的阐释，也难免牵强。这似乎也是公认，诗不是适合阐释的文字。古人有诗："松下问童子，言师采药去。只在此山中，云深不知处。"阐释些什么呢？诗本身已经自给自足，感受就是了。

可即便如此，还是写几句，尤其是对有味道的诗，试着写写，也算是更深入的辨味吧。那么，且随着我读几首——

晴天他笑着看我
想要一个名字

我也笑着看他
然后，转身离去

孩子
你干干净净
要什么名字

（《无名树》）

前两节铺垫，结尾三行，意蕴端出。树和人对诘，诗人回之以"你干干净净""要什么名字？" 乍一看，水波清浅，细细一想，波纹底下感慨良深。是呀！身在尘世，要什么名字呢？干干净净，自在安然，有什么不好的呢？诗人笔下，因树而人，因人而树，不言而言。可也许，这些并非是诗的全部意蕴，诗人不过是如此写来，不要人世那么多的烟火解释。不过是写几行诗，你们读读就是，读得太深，诗人也许并不喜欢。忽然一下的感悟，不求甚解，也许最是诗人的本意。我另外要感慨的是，那么多的诗人，他们没有写出这个意思。

木石还很年轻，许多同龄的诗人还是秋月春花，她却另有心路的感悟，比如《忽然而已》 ——

雨还在下
积水在黄昏空荡的胸腔里
颤动

有人对我说过
"再试试看吧
人生如此漫长
不如再试试看吧……"

而灯下的日记本上

不知被谁

一次次地写下了

"白驹过隙，忽然而已"

以她的年龄，似乎这种"不如再试试看吧" 的意味，产生得有些早了，也有些近乎"独上高楼"。可诗人还是如此写下了，甚至有些冷冷的自嘲、冷冷的笃定。我并不知晓诗人是否有某些经历使得她格外早熟——也许，可能还并非是某种经历，而是某种精神性的经历，不经岁月而谙熟于岁月的尘埃。

木石的诗，亦有她的宽阔。她的《窗外》 写得别有趣味，且这趣味里，似乎还有着别的不可言传的意味——

蓝天，白云

整块整块的

黄色田垄

男人们点燃了烟卷

坐在板车上

眺望——

麦苗微倾

顺着风

搜寻夏天的旨意

所有的花朵

都已荣归故里

这首诗里究竟写了什么？写了夏天、田亩、点燃了烟卷歇息的男人？而其陡然而来的结尾"所有的花朵/都已荣归故里"，又是什么意思？而且"荣归" 一词的暗喻，令人陡然觉出时光的温煦流逝，而人们将在这流逝间，"顺着风" 享有上苍赐予的丰裕和安然。这意思的表达，木石处理得从容不迫。大道至简，也即是这样的吧。

诗的至高境界，是看似的无中生有，在别人感受不到之处，独具只眼。

杏树上的果子都还青着

光是说一说

嘴里都有股子酸味

山路两旁的园地前面

守着卖桑葚的农人

甜度肉眼可见

看他紫的手指

紫的嘴唇

然而樱桃还不用尝

早樱太早

晚樱太晚

五月十七日

夹在无味的中间

（《五月十七日》）

　　这是一首妙悟之诗。结尾两句，简直神来。看似的
无味，悄然的两句，浅滋味，亦是深滋味。而如何咂
摸，在于品味之人。不知味者，如同嚼蜡；知味者，谓
之甘饴。所谓镜花水月，所谓羚羊挂角，此即是。

　　木石的诗，亦有其入世的决绝，比如《空旷》——

我的世界无比空旷

不迎接任何客人

我住在高塔之上

一个人

就是一颗星

我这里采光很好

即使在漫长的黑夜

也会出现短暂的白昼

我自己将自己照亮

极致辉煌

你来

就轻轻推门

坐下，喝水

什么也不必多说——

人间，是你们的事

　　木石似乎是善于无意识地经营的，尽管偶尔也会有
稚拙的一面，但在那些成熟的诗里，她秉承神意一般，
早早就认定了这个结尾。她喜欢，甚至是洁癖一样营造
自己的精神所在。这亦不是孤僻、傲慢，而是精神性的
洁癖，是一个人在尘世的坚毅的精神存在。"我的世界无
比空旷"，于此独居的木石，她的世界是广大的，极目千
里，山色流水，都是人间阡陌。而她更要的是，"高塔之
上""一个人／就是一颗星"，孤独地照亮自己就够了。她
亦是不封闭的，懂得尘世，懂得"你来"和"不必"。

一个人面对尘世如何存在，要么融入芸芸众生，要么洁身自好。木石选择了自己，就像诗人狄金森那样——"灵魂选择了自己的伴侣，／然后，把门紧闭"。

"人间，是你们的事"，这句话写得多好，可也写得令人心痛。

木石编选在这里的诗，大约是她前后七八年，也许是十年间的自我拣选。如同管窥，我也只是拣选一些，说说而已。愿意深入了解她的诗的人，愿意由此而进入木石诗歌世界的人，不妨打开，静静读读。她的诗会带给你另外一些新鲜的诗意。你读惯了某些诗，不妨读读木石。

2023 年 6 月 7 日草，10 月 10 日改

目　录

卷一　散步

卷四　夏至未至

卷 一

散 步

无名树

晴天他笑着看我
想要一个名字

我也笑着看他
然后，转身离去

孩子
你干干净净
要什么名字

飘　零

整个下午
摇晃，飘零
雨来之前，风先来了

整个下午，我的灵感
都在熟睡
透明的银河之中
星座们越想哭泣
就越要靠近
风就越要向天空飘零

整个下午，坐在走廊尽头
充当一道天然屏障
风固定在，我的固定里

天上，不该像地上那样拥挤

请 求

我想要黑色的钢笔

和彩色的信纸

除此之外

我还要讨个好天气

如果谁能慷慨解囊

做个好好先生

我就能直接贴上邮票

在春天出门，寄一封信

沙　钟

城市是脆弱的玻璃制品

形如精巧的沙钟

天空的蓝

与河流的绿

此时几近透明

你站在时间背后

浑然不知

雨之沙粒过细过急

致朋友圈的诗人们

朋友圈下雪了
五湖四海的雪
那么纯净
那么新鲜

一年之中
有个冬天真是好啊
总是能忍着，盼着

冷到极致的时候
我们又能聚在一起
写写雪了

散　步

路灯照亮了
一小块固定的寒冷
经过的人步履匆匆
忘了抬头

我倒是不急着
去追赶任何要务
也没有什么秘密的情事
值得我与时间明争暗斗

夜色温柔，我只是
心无旁骛地散步
一只手随着一只手
揣进衣兜

这条熟悉的路啊
再走几步
又会闻到爆米花的香甜
附带着，一丝冷空气的新鲜

没什么可担心的

气温已至零下
好在光照充足

没什么可担心的
日子还在循环往复
如水一般
取之不尽，用之不竭

睡梦中
有人为你清扫落叶
醒来时
冬天已经下好了雪

大　雪

如此甚好

没有突如其来的惊喜

只在预告之中

安心地守着

幻想着雪

如何飘过半透明的窗外

飘过枯愣愣的枝头

落在灰色的天桥上

节气已至

但还未知

通常在此之后

世界才整片整片地白了

空　旷

我的世界无比空旷
不迎接任何客人
我住在高塔之上
一个人
就是一颗星

我这里采光很好
即使在漫长的黑夜
也会出现短暂的白昼
我自己将自己照亮
极致辉煌

你来
就轻轻推门
坐下，喝水
什么也不必多说——

人间，是你们的事

不要有风

对面人群中站着她
留着齐耳的短发
等我过去

红灯还有三秒消失
她慢慢起皱的披肩
好像更单薄了
马路边的一片落叶
压着我的所有幸福

此刻
不要有风

赠　言

空出这个地方
夏天快要熟透
让我们各自回家

留下几朵小小的野花
在夕阳中侧身
替前来的人们寂寞

夜的旨意

一支沙沙的笔
摇曳着细长的影子
是我在纸上散步

一张白纸的边界
在灯下影影绰绰
好像谁的轮廓

就算，是你
也没有什么关系
都是——
夜的旨意

悼木心

推开半扇窗子
放一些月光进来

晚安
在幽香醉人的小镇

晚安
在星如莹水的夜空

地上有人念你
如青草，在风中

木心美术馆小记

美术馆的阅览室冷气充足
正中钢琴黑布蒙面
落地窗外的麻雀
他看不见

馆的周围，绿意阵阵
光脚坐在木质阶梯上
凉意节节攀升，直抵脑髓
看书始终不能使我回温

左壁无数名家肖像
久别后稍显陌生的重逢
每几分钟弯腰捡书
总要避避他们的眼睛

秋时雨

咖啡馆的门口
故人捎来他的问候
城市中行走的雨伞
背部有些疼痛

安静空旷的夏季
闷热的少年时分
再见
冬妮娅

水知道我
云知道我
我把眼泪交给天空
人间才会下雨

许　愿

五个女孩

在河边聚集

她们的思想正在上岸

三缄其口的黄河水啊

第六个

会是谁呢

这么黑的夜晚

我不愿开口惊扰天地

也接不住她遥远的叹息

投掷一枚硬币

不猜正反，黄河

今夜做我的许愿池吧

原　因

入冬以来
写诗超过三行
是很困难的

动物疲惫多眠
植物的碎骨
在垃圾桶里结冰

早起冻手
撂笔
是件轻快的事情

十一月就要过去
谁都不愿被写上几句
除非——
十二月长篇大雪

祝　福

雪下起来了
一个洁白的话题
在我们之间诞生

你的声音轻于鹅毛
在干净的空气里
随意降落

这样的冬天
是该早起散步——
我没有什么信仰
却依然被祝福

坍　塌

你把台灯转向自己
又压了压他的头颅

一缕烟丝
卡进你的尾戒

你极致冷静
终日读书看报

在长青的季节里
纵容夜的坍塌

回家小记

只为一碗油茶麻花
才能心甘情愿地早起

吃过早饭
又像蒸笼里的包子
热腾腾地睡了

隔墙下着
今冬家乡的第二场雪
但对我来说
还是头一回

三　月

风向两边吹着
花朵该红的红了
该白的，也尽情白了

三月末，风向两边吹着
我成了一对兄妹的小姨
和一个女孩的小姑

春光无限啊

也许下一个三月
他们突然开口说话
也可能憋红了脸
只发出一个奇怪的音符

而我大概
还是会像今天这样走在街上
不自觉地想些什么
不自觉地笑

开　放

如果你是花
就慢慢开放

春天的风
再晚晚不过四月

窗　外

蓝天，白云
整块整块的
黄色田垄

男人们点燃了烟卷
坐在板车上
眺望——

麦苗微倾
顺着风
搜寻夏天的旨意

所有的花朵
都已荣归故里

喜欢一朵花不能只喜欢它的局部

树在路边的绿，没完没了
一朵石榴花红在树上
模样好得像你一样

如果你调亮心中的灯盏
那么还可以比它
再红上一些

喜欢一朵花不能只喜欢它的局部
就算只是描写，也不能
忽略花朵背后的整个夏季

雷声隆隆，蝉声阵阵
这一季拥有多少阵雨
同样也会拥有多少晴空

我知道
你也曾怀抱一粒种子
期待着一只蝴蝶

飞过——

教你开出同样的颜色

雪　崩

你要我
把一日当作一生
昨日
即是前世

在我眼前，此岸对面
那白茫茫的秘境
正在连接另一片秘境的白茫茫

语言死去
唯有记忆正在转世
我一个人来到湖畔
内心就开始雪崩

七夕小占

现代人学神仙幽会
我学古人早早就寝

昼长夜短，天大亮
天公不作美
辗转也是白白辗转

订束花吧
虽然花不能食
也不能化成精怪
与我互通款曲

可将其置于床头
懂我一夜失眠
也不算浪费

早　上

水停了
电停了
楼道里一片漆黑

母亲坐在沙发上，看我
吉他弦隐隐作响
遂关上
外出谋生的门

或许这些
都与物业无关
而是
神要使我蒙恩——

使我在疲乏混沌的早上
终于耳清目明一次

离　别

白瓷花瓶里
插着两朵手工纸花
送我红纸的人
连剪刀也一并送上

钢笔，信纸
唱词下安放着相册
全新的本子
被赠言者撕得发薄

钟表上
指针依旧固执地走
我也是，到了今天才看见
书桌上满是离别

周内的天空

星期一的天空遍布云朵
机关楼下的草地上没有羊群

星期二的天空飞过一架飞机
我不是飞机上说走就走的旅客

星期三的天空说下雨就下雨
不爽，就下

星期四的天空多出几只麻雀
要飞多远我不知道

星期五的天空目空一切
与众不同让我爱了很久很久

停 车

风从车顶的天窗刮入
隧道的灯
从黑夜演到白昼

有车不断超越我们
那么急，那么急
一辆接着一辆

来不及深思熟虑
来不及慢慢犹豫

铁面无私的高架桥上
除非交通事故
否则
谁也不可能半路停车

犹　豫

今天云很短
今天诗很轻

耳机里
Yiruma^① 反复为我演奏
一曲 *Love Me*^②

这时候
我应该看诗
还是看云

---

① Yiruma：李闰珉，钢琴家、作曲家，出生于韩国首尔，在英国长大。
② *Love Me*：Yiruma（李闰珉）的一首钢琴曲，收录于专辑 *First Love* 中。

写诗的人被诗一直写下去

我所难过的只是
极度疲倦之时
无法起身走到镜子面前
投以诚实而稳重的目光

我所难过的只是
钢琴曲温柔地响起
阳光落入木槿花芯
不再追寻远处的山川河流

我所难过的只是
梦着的时候
才能真正地无所事事
才能去爱一爱时间

我不难过的是
就让世界成为它自己
写诗的人
被诗一直写下去

对待悲伤

阳光轻薄透亮

我觉得悲伤

是完全可以忍住的

如果你不懂

或者不愿意懂

那就低头看看

风是如何轻轻

将花瓣吹离枝头

却舍不得让它

在春天落下

重　逢

夏天般轮回
你一天比一天健壮
眉头与心头之间
我们只是偶尔重逢

灰色的水泥路口
路灯下告别
我低头的时候
总觉得没那么远

有时，一封信写着写着
抬眼间
窗外的树木
已经分明地绿了

所有的喜欢

雨天出门
宝石花路的奶茶店一坐
闲书，绿植，小灯泡
四下无人，可以偶遇

诗集未完待续
趁黄昏回去
穿裙子的女学生
伞下无人，心里有人

开窗通风
望见远处风铃
和一个系着围裙
厨房里咳嗽间歇的妇女

楼下青年歌声温柔
偏偏是在傍晚
一把抓起床头的电话
告他春雨扰民

雨　眠

玻璃窗上水流不断
是这情绪化的雨
让黄昏暗了下去

日记本摊开在案
未完待续
一支笔灌满墨水
兜着圈子
在纸上走走停停

幸而，雨天
给那些常怀心事的人们
一夜好眠

墓志铭

这块碑

不是点名册

不出现

任何人的姓名

也不教导

天下大众

如何过好自己的生活

我要沉默地

接应死亡

站在繁花盛开的高处

注视你们——

来亦独来

往亦独往

春　夏

春天来了
玉兰花，樱花，梨花
春天把花朵簪在树上
小母亲呢，抬头望着

春天走了
鸢尾花，蔷薇花，苜蓿花
夏天把花朵放在地上
小孩子在草丛里咿咿呀呀

Promise[①]

Promise 这首歌
要在我的葬礼上播放

人们哭着哭着
就开始祈祷

然后——
有一个人擦干眼泪
开始微笑

日暮的面具
安详地罩在他们的脸上

---

① Promise：《诺言》，又名 *Past Lives*（《往日的生活》），是歌手 sapientdream 演唱的一首情歌。

拔　草

我迟迟不肯动手
是春天，有些草长得如此之好

还有一些，春意尚浅
正在光的迷离中苏醒

小小的草木之世啊
同样拥有汽笛的白昼
和风吟的夜

春的意思，风里
转瞬就没过了我拔草的膝盖

晚 风

临别，日暮时分
她又拿出几只袋子
一边装，一边笑着说：
我们已经老了
不送了

夏风吹进我们的车窗
温温的草木之心
而后，越吹越凉

天色墨蓝
一时间
星子已经爬上了山巅

小村里，暗自地
再次吹起晚风
又新添了
刚刚熟悉过的柴火香气

山村的夜

并不孤独

有的人家

为什么又起了炊烟

夏　天

天空是清澈见底的蓝
没有鸟雀飞过
高层建筑的玻璃墙上
射出萧白的芒

公交车转弯时
偶遇几朵淡黄色蔷薇
低低地在树下开着
满面尘土也依然开着

见时和别时又不同了
虽然还是夏天
一草一木都还绿着

五月十七日

杏树上的果子都还青着
光是说一说
嘴里都有股子酸味

山路两旁的园地前面
守着卖桑葚的农人
甜度肉眼可见
看他紫的手指
紫的嘴唇

然而樱桃还不用尝
早樱太早
晚樱太晚
五月十七日
夹在无味的中间

小　资

翻出快要失灵的迷你音响
各个年代的爵士乐歌手
请他们少安毋躁
排队候场

泰勒吉他陷在丝绒沙发里
沉静如海的古典主义
搭配飘窗上梵高的向日葵
简直不必出声

面对我木质的简易楼梯
翻翻书页
朱光潜在谈我们的美学
大谈特谈
而我已经有些心不在焉了

凉风吹进这个夜晚
想起那件天蓝色的工作服
还在阳台上摇晃

也许，现在已经干了
也许，还有一些机油的痕迹

腐朽的小资产阶级啊

可惜——
我不是

琴　声

中午，蝉声歇了
行经老旧的住宅小区
琴声从绿林里飘出
断断续续，还有些生涩

弹曲子的人
梦想家或者工作者
写曲子的人
德彪西或者莫扎特
不知道，也不去猜测

这一刻，简简单单的
快乐——
一个不知情的人
被另一个人秘密地经过

池　边

池边
鸭群静静游过

水纹渐渐愈合
一个男人投出一枚石子
水花很小，又扔一枚
小孩子也学着
扑通、扑通地扔

长椅上
中年夫妻
各自读着各自的书

柳丝轻垂
万物静默如初

夏天的风
将池边的浅草
花间的蝴蝶

和石上的我

——吹动

我们的人生是很有限的

我们的人生是很有限的
我们的人生又是很悠闲的

我们的小破车驶过高架桥
驶过快速干道
驶过待拆的危楼
晚风
猎猎作响
纸一样的黄昏
被我们一张张穿过

我们不停地切换车载音乐
只听快节奏的弗拉门戈
我们不干别的
就为了去吃一碗炒面
再吹着晚风
猎猎地回去

雨

天气预报今天有雨
而黄昏坐在露天餐厅
周围，是晴朗的

傍晚，彩灯亮起
放下草莓味的莫吉托
不太正宗
这淡的朗姆酒

忽然有人大叫
要的就是这蒙蒙细雨的感觉！

隔壁桌的男子穿上外套
起身离开
年轻的人们停下手中的骰子
终于，说起了什么事情

而那阑珊的角落里
餐桌上撑开的一朵花伞
也别有情趣

忽然而已

雨还在下
积水在黄昏空荡的胸腔里
颤动

有人对我说过
"再试试看吧
人生如此漫长
不如再试试看吧……"

而灯下的日记本上
不知被谁
一次次地写下了
"白驹过隙，忽然而已"

遗　书

不要在我的墓碑上刻字
甚至，不要墓碑
不要悼词

不要用陌生的语言
抒多余的情
叙多余的事

那些曾被我难为
或难为过我的人
也不必低下头来
假装陷入沉默

世事难料
如今只不过
来的来，去的去
一个人如履薄冰的远行
终于可以停驻在
阳光照射过的那一片草地

六　月

树叶止不住地搔痒
牧人用夹着烟卷的指头
一遍遍点过他的羊群

山坡上巨石滚落
砸出记忆的凹坑
云朵在山腰上远望
河流，是他日落前的爱人

六月，等它瓜熟蒂落
我们就彻头彻尾地幸福
所有空白的信纸
都要在篝火中盛大燃烧

开　始

雷的前奏响过
乌云填充了短暂的空拍
雨的主歌
酣畅淋漓地开始了

我的灵魂被洗至透明
那么多爱，使我清贫
安宁的日子一旦开始
我就再也不会回去

诗歌
也紧锣密鼓地开始了
田野上，河流边
孩子们是最大的诗人

卷 二

那仅有的一次见面

四季歌

二十岁的时候
春天在开它的花朵
七十岁的时候
春天也在开它的花朵

夏、秋、冬
剩下的三个季节
有两季属于别人
于我，都是些过去的事

我只在冬天
去爱——
白昼迫切而寒冷
湖面严静如一口井

爱我的人
夜里忽然惊醒
雪已经积得那么厚了
已经不再下了

梦中的婚礼

婚礼钟声已经响起
高高地盘旋在人群上方
最终有气无力地上升
躲进粉红色的云层

整洁简陋的房间里
是我年轻的新郎
安静地坐在镜子一角
如同一件雪白单调的瓷器

此刻他细长的手指
正在百无聊赖地摆弄妆台上的花朵
衬衣袖口产生的细小褶皱
好像是谁精心设计过的

捅破他窗户纸般的目光
我最后一次努力看清了
他成为男人以后的
那种瘦弱

月　夜

月如团扇
圆圆的，轻轻的

树木尴尬地裸着身体
此时月如止水
远远地，静静地
照着

一个不爱你的人
坐在河边哭泣
有风一下一下吹来
秋天，就这样被吹走了

理　想

晨光一瓣瓣落下
河流上有我的船只
云朵的手巾
把天空擦得透亮

只要是春天
这个镇子上的事
没有什么
能大过草木的生计

停船，靠岸
柳间步履匆匆
志得意满的少年
是我不涉水的爱人

随　想

这花开在哪儿都好
都能——
鼓励蝴蝶破茧

千百只中
总有那么一只
能到达你的府邸

隔着小小窗棂
说起使你苍老的
种种原因

五月的夜晚

五月的夜晚
灯光熄灭后
花香阵阵袭来

你窝在沙发上练琴
我坐在楼梯上写诗
我们是最隐秘的贵族

夜的酒桶越来越大
我早已心怀醉意
说句不该说的话——

五月的白昼
最爱你纯净如水
五月的夜晚
最爱你皮纤骨瘦

爱的时候

八月末，九月末
叶子悬而未黄
像是彼此
故意的留白

天色雾蒙蒙
街灯一片深深
车辆慢行
甚至停下
被动地堆积在十字路口

这就是秋天了
迟疑，有些心不在焉
有时呼出一口热气
看着它
一点点凉下来
就会开始怀念——

原来

一点点凉下来的时候

就到了

爱的时候

不　够

一生太短

不够

不够灿烂地开花

不够寂静地下雪

不够

让遗憾融化

让终点显现

仅此一生

爱不尽、恨不完

对谁来说

都太过仓促

就比如——

一个人

爱了一个人

觉得一生太短

不够

很多人爱过很多人

说起来

也觉得

一生不够

遗书之一

我和你一样
喜欢春天

因为无论发生什么
只要走在街上
春天都会给我花朵

我和你一样
也曾在无数虚无的片断中
抬起头感到忧虑
低下头渴望幸福

这一生
我撒了太多的谎
但这一次，请你相信——

我依然深深地爱着世界
直到我
不能再爱

遗书之二

我的孩子都已长大成人
如今也像南归的鸿雁
滑过白茫茫的光线
回来看我

听说我的情人们
在温柔的蓝天之下
在泥泞的沼泽之中
死伤无数

即使这样
我也不再
给他们任何荣誉、名分
哪怕一点点爱

孩子们，我丰厚的
财富、土地、书本、血统
请务必悉数带走

只有我脸上的泪水

不要触碰——

视觉消失之前

让它们难以自持地

为我而流

意　外

由于老大不小还找不到合适的对象
亲戚们集体为我发愁
我无言以对
也不能没心没肺地笑出声来

左右为难之际
大舅拍了拍我的肩膀
笑着说——

无论如何
女孩子的面部表情都应该轻松一些
愉快一些啊

恋　人

我与世界
是有缘无分的恋人

六月，芳草满地
我们渴望彼此的眼神
爱之深
责之切

那时常常下雨
也常常云淡风轻

我们静静地靠在一起
再也，无人提及
草地之外的事情

雪下了一夜

雪下了一夜

那种白

像大病初愈

醒来时

我哑口无言

这满地的雪

再一度完好无损

昨晚上你拥抱了我

我记得

你的房屋白了

灯一直亮着

第二次见面

春天来过
书签背面的桃花开着

像从前一样
也像以后一样

什么也不说
什么也没来得及说
阳光从身体里
一晃而过

夏　天

我爱夏天

河岸边，几棵高大的树

它们连接天空和泥土

明亮，笔直

爱风

穿过熟悉的蝉声，穿过我

从高处，到低处

从低处，到高处

我更爱麻雀、光斑、紫色野花

和浅草中那个光脚的人

他紧闭双眼

听河水

流过所有的石头

一次小小的分歧

穿过小巷

他们——

她说

"爱自己，是终生浪漫的开始"

他说

"爱彼此，是终生浪漫的延续"

晚风

十月里跟踪着什么

那仅有的一次见面

那仅有的一次见面
多幸福
在阳光很好的今天忽然想起

多幸福，那时我们都很年轻
一起躲在美丽的皮囊下面
偷看爱情

蝴　蝶

来吧

像蝴蝶一样

花下低语，互相追逐

通往春日的小径，光线那么饱满

我们那么相爱，不必谈及灵魂

草

我早就在等了
春天把我撒向哪里
我就在哪里
长出深深的绿色

要像树那么笔直
潦倒，也只为春风
泥土的体温贴着我
天上的云看着我

不开花，不结果
悲伤没那么多
要忍受的，不过是
一个个温柔的夜晚
和一次次无意的错过

不　多

我爱你

然而，不多

我丢下你的手

如同狠心折断一枝盛放的花朵

在上帝设置的旋转门中

我愿意一直追赶你

或者幸福地，被你追赶

我可以是你的指南针、火药、捕梦网、水晶球

流沙般的幻术，以及

玻璃破碎后的那阵响声

——看样子，上帝给了我们一切

然而，并不多

爱之一

我看过
你低垂的眉眼
和秋风中萧瑟的疲倦

我听过
你清澈的歌喉
和模仿羊群时
沙哑的叫声

我熟悉兰草的味道
你将它们摆在床头，摆在餐桌
摆在屋里屋外的每个角落

亲爱的，你不必担心
在爱你之前
我先爱过了人间

爱之二

用左脚踩掉右脚的袜子
用右手，擦拭左手

肩膀一高一低
那就让一边微微落下
另一边，微微抬起

泪珠双双坠落
有时轻，有时重
带笑的嘴如同拱桥的倒影
水波中，如此坚固

不单单是灵魂
你是我身体的一部分
我爱你
如同一位小小的母亲

热带恋人

幼豹般的恋人
从雨林深处走来
带着热季的阳光
雨季的丰润
以及，凉季的清爽

当我说起故乡
有关于雪的事情
那豹子就温驯地卧在一旁
睁开明媚的眼睛
使一个流浪者
变成爱情的王

夜凉如水

坐一会儿
夜凉如水

夜凉的甜香，风轻轻缠绕
桂花初开
只宜下酒

可惜
我们举起杯子
无话可说
只是说，真的夜凉如水啊

人在西江

仿佛

天上少一颗星星

人间就亮一盏灯

夜深，任它深去

穿彩衣的苗家女子

波光戴在头上

原来隔水的一次擦肩而过

也可以如此

明媚安静

一扇门到另一扇门

一座桥到另一座桥

这一刻

谁唱起了山歌

爱情，就是谁的

谁推开了窗户

山河，就是谁的

睡　莲

在阿让特伊，在吉维尼
蓬松的人
走到哪里
都会建造自己的花园

而他最爱睡莲
丰润隽永的珐琅彩碗
美得空空荡荡
让悲伤分神

清晨，午后，黄昏
每一个动人时分
当画笔穿过光线
爱人，就会在纸上盛开

你的名字

你的名字放在高高的瓦房上
饭香，墨香，蝴蝶香
你雨中的名字，在整座城下降
落在左公柳的指尖，落在燕子的背脊
又该是什么香

雨，淅淅沥沥地下
念你的名字，翻来覆去地念
分析来者的成分
倘若再多一些，欢愉和痛
今夜就要涨潮——

涨潮还涨你的名字
微雨从寒空外远归，加上你
正好是三人

重逢的站台

我看见，一个女人
和迎面的旧识打了招呼
她现在的男人，抬头挺胸
抢先与他握了手

我看见
人到中年都很高兴
在清晨遗留的站台上

卷 三

人 间

亲　人

我和一位老人，树下歇脚
她的扫帚，经历了一天的劳作后
得到了深刻的休养，我和她
同坐这棵树下，老远就知道
我们，是没有血缘的亲人

我们拥有同一张脸
一张被生活，揉成废纸团
现在，躺在她簸箕里的脸

她随时会离开，或者
突然向我发问——
你今天读了多少圣贤书
你今天如何敬爱

而你，现在
又为什么一个人坐在这里？

老鞋匠

我腹内五车，满载而归
装的不是书
小伙子早已穿上鞋子
奔向前方不可见了
老鞋匠终于可以歇歇了

三个人仿佛毫无关系
三个人此时仿佛是一个人
躺在年久失修的摇椅上
身体是一张天然的钢丝床
兜住三片落叶，同眠

三人同行，我不懂其他二人
小伙子也不解老鞋匠
老鞋匠不解他爱的姑娘
眼泪还是热的

有　感

坐上 131 路公交
在兰州的清早里
拥挤

一位妇女挡在我的面前
无处落脚的眼神
如何颠簸，也片刻不离

又到那个幸福巷了
有人上车
有人下车

冷　暖

这样冷的天
许多老人成为陶海市场的路标
被生活狠狠钉在地上摆摊

小饭店里却很暖和
老板三口之家
除了我，便没有什么外人了

走出又黑又长的地下通道
一抬头
人间，又有雪了

芭堤雅之夜

芭堤雅的夜晚
才是真正的早晨

从阳台上向下看去
酒吧、摩的、大排档
便利店 24 小时营业

楼道里的小青年嚷嚷着
可惜泰国法律严明
不能随处香烟自由

在芭堤雅
可惜的事儿可不只一件

比如刚才有人敲开了我的房门
却说记错了门牌号码

夕　阳

夏天湿热的空气
我想起你，无奈时
体内聚积的一声叹息
带着尘封的花草清香

窗外紫红的夕阳
曾在书里见过
在看得见回忆的地方
天色暗了又暗

清　晨

满满一车人
将把近乎完整的一天
献给城市

地铁的玻璃窗子
框住团团模糊的肉色气体
这么多的五官和轮廓
难以准确匹配

似看非看的眼睛
盯住对面的人
仔细回忆着数百年前
似有似无的相识过程

很多人从手机上抬头
已经坐过了站
很多人已经坐过了站
仍未从手机上抬头

很多人不再爱恋清晨

不再爱她的叫卖声

不再爱她热腾腾的包子铺

与她疲倦中不合时宜的新生感

满 月

恐惧，从十五就开始
将缺口的月亮
一点点补全

十六的人间
在山脚下欢乐
酒喝得嗡嗡响
花开得绿油亮

没人知道——
险要的山尖子上
正在决出
今夜唯一的天狗

回　信

紫色兰花扣
盘在散落的发梢
袖口还
滚了细细的白边

妹妹
你说你喜欢旗袍
我说
那是好事

以后
都留在南方过冬吧

北方的二月太冷
容不下
这细而白的温柔

给小侄女

春天真是来了
你小小的笑
在高高的楼上

想起我来看你的路上
阳光暖融融的
柳树已经长出了嫩芽

我猜——
不久后的某个春天
你也会长出毛茸茸的头发
牵着我的手来到树下

也许，还会仰起头来
一脸认真地问我
柳树为什么开出绿色的花

三 秒

绿灯最后一秒
我甩开 37 度的高温
提高车速
向最后三条斑马线
俯冲

红灯第一秒
轮胎尖叫，行人回头
一辆白色汽车
卧在了
距我半米开外的地方

红灯最后一秒
阳光太乱，气温正好
我若无其事地
从马路上起身
蹬着我的自行车回去

目的地

动车准点发车
眼前出现了目的地
总有一天，目的地
也会变成始发站

朋友，250 千米每小时的速度
比起从前的绿皮
已经足够快了

如果要再快一些
基于相对运动原理
我们的心
就应该再慢一点儿

我在人间走街串巷

母亲脱落了一颗牙齿
父亲的筷子开始打战

尽管如此
走在路上
还是喜欢抬头看看
七月湛蓝湛蓝的天空

安静啊，风吹着
这花、这叶、这草色
以及——
这目不斜视的时间

我在人间走街串巷
想来已有二十七年

食　堂

总给我添麻烦的家伙
坐在食堂里
伸出满是针眼的双手
说她生命里最好的时光已经过去

我眯着眼睛
夹起一根豆芽菜放进嘴里
从头到尾
充满仪式感地细细咀嚼

没错，我辈的青春已经过去
却又如诗人所言
我辈也曾有过青春

夏日旧歌

风铃叮当

说些什么

蝉儿——"知了，知了……"

梧桐树下，蹿出

骑单车的男孩儿

猫一般迅捷

转弯而去

留有墨渍的白色校服

阳光下，明亮

起伏如浪

有风来自远方

绕过回忆的邮箱

吹向我

极强极暖

逛某图书馆有感

图书馆和商场没什么区别
都只是随便逛逛
常常被绚丽的色彩吸引
仔细一摸
质感，并不是想要的

而那几家大牌
几十年如一日地典雅精细
让人压力山大
兜里没有几两真金白银
还真不敢进店欣赏

算了
买杯咖啡打道回府
绕过那些号称谁穿谁美的爆款专栏
人生哲学是最不哲学的哲学
职场艺术是最不艺术的艺术

你

时间还早

先不要急着过马路

就站在这里，看看天空

直到有车经过

秋天来了，你说毫无征兆

直到落下来的树叶

轻轻附在你的脚边，和雪花一样

我想你把它们也算作花朵

你是这样的秋天

白天贪睡，夜里著书

从来不会热情似火

也不做那些非一日之寒的事情

乌镇之夜

霞光消隐
就剩最后一笔
青石板一块一块
小孩子边跳边数数

老人家收起铺子
门背后哐哐当当
硬币的声音
闻之爽利

雕花老宅灰头土脸
民俗馆前围坐闲侃
有人吹嘘他的蒲扇
是祖上传下来的

街灯幽白如雪
将至的是
小镇又弯又长的夜

书的意义

秋末，柔软的蓝天
疏松有别于海
树下飘来雪的味道
十二月即将落英缤纷

此刻，我确信
命运，预兆，宇宙之手
白纸黑字的寥寥结局
都具有更加平和的意义

木叶萧萧，困意来袭
索性以书为枕
那些文字和思想
大概也在期待一次放生

来 年

秋天的诗还没写完

葡萄架就一根根地拆掉了

十二月的果园

无人理睬的疾风

在硬土上匍匐前进

雪又约定俗成地

在高处播撒福音

真正的农人

此刻把酒放在肚子里

心满意足地想着

温　柔

不想成为鱼
不想成为树

只想成为一块腕表
遵照自己的拍速
熟知你的脉搏频率

那些你等了很久的人
做了很久的梦
我会在你第三次皱眉的时候
安排他们提前出场

当你低头看我，表情各异
天空成为温柔的布景
我永存于你的左手
时间，对我不具任何效力

初雪来临

十二月如此寡言
等待的过程中
我一次次捂住
胸口小蛇般的火焰

钟声止息
天空发出寂寞的光
让我安定的是
鼻尖还能感觉到冷

又一次，初雪来临
我走向门前的矮树
弯下腰去
掸了掸膝上的尘土

信

早上七点三十分
大雪漫道
叶子沾在地上
很美，其实不必再扫

忘记带伞，就当故意
帽子也已湿透
即使不戴
旁人不至于笑我

如此一来大可安心赏雪
总归是，年关将至了

回　忆

秋风试探性地吹动几米
叶子摇晃，云朵摇晃
亭亭如盖的树下
停着一辆破旧的单车

她也已经很老很旧
颤抖的手握着拐杖
虔诚地望向发红的树尖
那可是一层又一层的夕阳

出门前费心整理的头发
仍会有几丝
不争气地垂落下来
而现在的你
只是她一瞬间的回忆

看她一眼

若你从旁经过
只需要，看她一眼
而不要回过头去
再看一眼

就这一副陈旧哀伤的
动物皮囊
再美，也开不成
顺时而变的花朵

你所看到的，爱与幻影
并非血浓于水

她的目光柔和而冰冷
仅此一次
掠过你，在这初春的早上

早上食堂

我喜欢
早上
七点零八分的食堂

阳光透过玻璃
不知为何
总是照在那一时刻

我会朝着靠墙的第二张桌子走去
然后，背窗而坐

我喜欢这张不锈钢桌子
辣椒罐和盐罐
放在中间
像往常一样

立秋了

立秋了
什么时候的事情
楼下草丛里
几只蛐蛐在叫

晚风依旧
葡萄色的窗帘
佯装少女的裙摆

然而，热势已去
冰冰凉凉的莫吉托里
少了夏天的味道

午　后

午后的阳光很好
从小区门口
一直好到小广场上

滑梯背后的角落里
老头子专心地打着太极
老姐妹们再次占据树荫下的长椅
家长里短地埋怨、炫耀

不回家的小孩
自行车蹬得飞快
从麻雀生动的皮影戏上碾过

我坐在花坛边上
打了个哈欠
肚子很饱，灵魂也没有饿着

我喜欢你说话时的语气

车窗之外，骤然大雨
看你拿捏一支香烟
苍白的脸色和苍白的雾气

"不如来点儿爵士乐，
待在罐子似的空间里，
容易感到局促。"

我庆幸你偶尔也会失算
万无一失的人，多少有些无情
我喜欢你说话时的语气
沮丧也是云淡风轻

寒衣节

我不想哭
也不想笑

蹲下去的时候
货车从面前驶过

风有点儿大
有点儿冷
吹歪了火焰
一簇压着一簇

这里没我认识的人
他们也不认识我

我只是看着他们
一边取暖
一边烧

残　诗

雨夜

我常常写诗，常常

要矫情地配上一杯咖啡

看它体内的烟

擦过杯壁

端端地冒着

那香味儿

苦得让人寂寞

愧疚

后悔

我的残诗、废诗

大多出自这样的时刻

可其中总有几句

是我很喜欢的

有福之人

忘记了

这本诗集读到哪里

是一枚蝴蝶状的银杏叶子

夹在书里

善意地提醒了我

诗里说

"十六岁失恋是有福的"

"二十岁一事无成是有福的"

早年间，傻事一桩接一桩的时候

心里头也是这样想的

如今只留下一片银杏叶子

沉默于寂静的夜

平稳地落在我的掌心

它干燥、温暖

尝过了阳光和雨水

它让我收拢五指

好好地想了一会儿

仍然觉得

自己是个有福之人

雷 声

我的灵魂想去欺骗
我的身体却不妥协

冲动、困苦、高傲的清白之年
如同蒙在鼓里的雷声
呐喊，在反射区的中央
向高处祈雨

闪电消失
黑色的伤口正在缝合
那些我所失去的
都在神的注视下归还

打坐的人

我不会频频从纸上抬头
更不会笑他
褐色的脸
和茧一样的姿势

那个打坐的人
其实和我没什么不同

恰好是时间静止于此
稍事歇息
而我们同时离开人世
前往各自的花园

妥 协

秋天，清冷的早晨
一列火车向我驶来
有时
风也会往南边吹去

花坛里
那个气定神闲挥动扫帚的人
好像已经不在乎
叶子是否还在落着

列车缓缓驶过
只剩两根铁轨，渐长渐空
花坛边上
只剩蔓草，向北疯长

羊　群

冬天枯萎了草地
春天又诞生它

绿毯之上
一群绵羊发着颤音
像雪球越滚越大

它们低头，专心
寻找春天的味蕾

我张口、闭口
学习它们的咀嚼
假装嘴里，已经是多汁的青草

远　行

闭上眼睛
还有什么遗憾可说

此刻
草地承受了我的重量
天空，是闪光的海

漫天繁花，一扇透风的门
我的青春
独自散步去了

高桥村

到了春天

睡眠多于雨水

梦里，梅花开满一个人的山庄

高桥村的风吹着——

将一个披衣而去的人吹到日影沉沉

被春光洇湿的土地

一寸寸，空了

看那人弯身打柴

不为烧火

山中日月

如何
山中日月长

点一壶白茶
似雪
浮在雾蒙蒙的泉上

瓦盆盛满炭火
烘出温润的竹香

耐得住口渴就是耐得住寂寞

待细雪尽数沉落
春天便从里面冒了出来

错 过

紫玉兰开在水中一角
没有一瓣花，随钟声掉落

小黄狗卧在树下
啃一块细腻的骨头

此处，是荒下去的春天
砖瓦虚无
偶有炊烟横渡

因错过了你的花期
从此我每天捧着一钵水上路

姐姐，别等了

在外的那些日子
我们总是醒得很早
你调低手机的音量
放一首《姑娘你别等了》

那年你二十八，等
也等不起了

翻过身
我听见，"你还年轻，
生活里的事儿都得一件件等"。

姐姐，别等了
你爱的人已收回成命
带走沉重的光环
留下潮湿的木头

那些试图一次次点燃的
不如，熄灭它
就像熄灭一根火柴

这个下午如此安静

这个下午如此安静
可以听见风吹树叶的声音
从一棵树
到另一棵树

绿色的阴影，沉默
在阳光中长出气孔
露出一个个日子的虚空

光线动了一下，细微
又如此静谧
就像一个迎面走来的人
突然，朝反方向走去

许　愿

从冰冷的影子里
掏出一枚
滚烫的石头

对着天空
尽力抛得很远

地球是圆的
它能否绕上一圈
再转回来

至少
抛出去的那一刻
是幸福
虔诚的

不愿给人听到的
神能听到

乞米去

青春烦扰

我向往早早隐退

携一只刻着"乞米去"的碗

趁秋高气爽，快马加鞭

遇好山水处

造我的小屋

门窗窄小一些

有阳光就好

屋顶矮一些

有泥土气息就好

院里院外，要种满

鲜花异草

黎明时分

清风拂面

循着炊烟出门乞米

用门前的花草一一相赠

原 谅

原谅我
嘴里说善哉
手里却暗藏着刀
和流氓吵架时
比流氓声调还高

原谅我
见不得杀生，闻不得腥
却还是吃牛吃羊
我和牛羊一起光脚站着
它们脚下的青草，比我的春天更绿

原谅我
将残忍定义为动物的特性
可又将自己比作小草
春风沉醉，朗日高照
原谅我的卑微、怯懦
多少次等待雨水的过程中
都被雷声吓弯了腰

通往黄昏的路上

一个摇摇晃晃的女人
提着一只摇摇晃晃的篮子
从草房一直走到河边

篮子很小，竹条却织得密实
可以装下几件碎花布衣
或者，几个饱满的苹果
然而更多时候
是空着出去，又空着回来

这条寻常的乡间小路上
你总能看见一个女人
深一脚，浅一脚
拼命向沉重的一侧歪斜
黄昏，也不能让她变得柔和

晚　餐

一张方桌冒着油光
可木头，是上好的木头
多擦几遍
依旧能够迎来送往

宁静地，缓慢地
女主人坐下来，摆好餐具
洁白的灯光
照着洁白的墙壁

花瓶里，玫瑰谢了
而枝叶还紧紧交缠
慌乱中，她拉下灯绳
在缝隙中挤出臃肿的身体

寂静的村庄

首先是耳朵静了
打铁声穿过层叠的绿
风声留在原地

然后，是眼睛
一户户，一排排
柴火靠墙码得整齐
水池前
洗衣的洗衣，杀鱼的杀鱼

香椿和菜籽一起熟了
嗅觉告诉我
谁家的田地丰饶
谁家的六畜兴旺

张家院子的阴凉里，葬着他们去世的伯父
"老一辈人不愿离开自己的土地"
农家乐老板的口音
很像我们记忆里消失的乡音

停留车

打开手电筒
光线惊醒了
车厢里的灰尘

乘客们拖家带口
大包小包
灰尘落在他们脸上
温暖、轻盈
好像刚刚吹过了春风
现在，还在吹着

开往南方的列车
窗几明亮
窄窄的椅子
人与人紧紧挨着

而路途漫长
足以使羞涩的人们变得健谈

丰盛的早餐

在车里听布鲁斯
在早晨新鲜的空气里
吃一盒薯片

还有三十二分钟
才正式打卡上班
成为蒸锅里的热螃蟹

"今日份幸福已到账"
麻雀们交谈着

足够了，还有些安静的时间
足够让我再品尝一杯酸奶
咀嚼一片面包
剥开一颗酸甜的果冻

三十二分钟，足够了

卷 四

夏至未至

写　信

房间越来越冷
雪，从黄昏下起

写信是想告诉你
留给我们的时间不多了

天亮以前只有这个
漫漫长夜燃着

木柴焦灼
烟很寂寞

这一场雪

不该将这一场雪
拒之伞外
即使它的身体
沾满了昨夜的沙尘

温柔的雪，宁静的雪
所有的雪都在冬天落下
还有这样一场雪
不愿入土为安

给康斯太勃尔①的回信

暴风雨的黄昏
你大概又在研究那些
形形色色的云朵

而我刚刚睡醒
疲乏之中
梦见了梦的柔软

那不太完整的一片白
低垂于晴空之下
也许，已经离开
也许，还会再来

---

① 康斯太勃尔：18 世纪末到 19 世纪初英国伟大的风景画家。

圣 地

此地

云不敢不白

雪山上的雪

不敢不洁净

那些反光的粗盐

咸涩，如众生

在此地

小火车来回往返

风向哪边吹

芦苇便向哪边叩拜

这小小人间

让神微笑，也叹息

夏至未至

夏至时节
人容易产生错觉
野花小小，浮游于浅草之上
白昼变长，以为时间慢了下来

暑势退去，当风变得凉爽
我常常会想
多年前的那个夜晚
是少年好，还是月亮好

失 重

手指离开琴弦
茧离开手
连同指腹中的蝴蝶
一并带走

从房间走向田野
独自走向
天宽地广

万物之间没有围墙
时光，一刻刻
如鹅毛般浮动
失重如此缓慢

小 僧

我问
他答
我问
他以不答，为答

我再问
小僧从盘中
取出一枚果子
看着我，放了回去

深　秋

是谁在深夜渡河
苍白的芦苇遥指
一圈圈消失的涟漪

梦里梦外的秋天来了
秋天，早就来了
苹果红润在口唇之间
而暮色干燥

街上的行人
走着走着
就有了落叶的颜色

如果黑夜如此漫长

如果黑夜如此漫长
如此，需要忍耐
那就再漫长一些吧

总有一个时刻
最后一盏灯
熄灭
万物安寝，归于祥和

没有任何声音
只是各自背对着门板
吃草的吃草
磨刀的磨刀

光　阴

丹青，树影，灰白瓦当

往事如罐

空空

顺着斑驳的围墙

来回滚动

碰碎繁复的花纹

内里仍是瓷白的脸

而光阴有时狡黠

有时皎洁

残破的门板上爬满翠绿的苔藓

写诗的人老了

而诗里的人还端坐其中

小南方

小南方
在第二个冬天和你见第二面

你的口音嘈嘈切切
像云雀飞了一整天
飞到北方的春天

春日喧沸啊
桃花低低地开
像小蛇鲜嫩的信子
吐露，收回
隐秘而鲜艳

我不想提及
那些美丽而陌生的事物
比起雪
我更想说说
你熟悉的春天

夕阳下

可以闯荡江湖
也可以乌江自刎
长吁，短叹，气通八脉
哭，也要将长城哭倒

多么古老的黄昏
夕阳无限好
砍柴，叫卖，谈情，送别
走累了，就悬崖勒马
一片金黄里停下

我

彼时，从光影的乱花中转身
动了动紧闭的嘴唇
生活，用旧棉花填充了我
铁的沉重，离开我的沉重
我的傲慢抵不过时间的傲慢
我的好生之德不同于上天的好生之德

种 树

在艳阳里做一棵树
种下
让根须向下
穿过沙石的缝隙

向下生长
以疼痛的骨血
在另一个日子里
将花朵托出
将春天，再还给春天

天恩浩荡
我无以为报

路灯下的雪

路灯睁着眼睛
凌晨的雪
谁在漫步

转弯处
一盏灯
看过
又闭上了眼睛

一年中
有几次大雪纷飞
一生中有几次
在阴影中触摸雪白的事物

练 习

有天晚上

借着灯光

在雪上

把"命"字写了很多遍

人一叩

人一叩

人一叩……

越来越熟练

知道了"命" 字

怎么写

抄　经

那只受伤的眼睛
如月之雾
埋伏在我所剩无几的
年轻的夜里

焚香，是第一次
抄经，是第一次
为一个陌生人净手
也是第一次

纸笔之间
顿感如此强烈
是我的祈祷摩擦着思念
是我的双足
三次路过他的门前而没有进去

小春日

你来，好
不来，也好
院子里的梧桐树上
多了一只青色的鸟

感谢上苍
这里的每一朵花都不是我的
每一种甜都不是我的
它们形同陌路地凋谢
又精疲力尽地盛开

春风度我，我也度一度春风
我要在靠近泥土心脏的位置
埋下一只早熟的苹果
它体内流失的水分
能让四野重新归于宁静

蓝

雨后的天空，一片蔚蓝
积水甩在疾行的小腿肚上
每走一步，呼出的气
也是淡淡的蓝

连衣裙天蓝
双肩包藏蓝
耳机里的布鲁斯
是丝绸般铺开的海蓝
忧郁的代名词

整个人
都有些眩晕了
像是一块毫无裂纹的冰块
已然浸泡在
一杯忽明忽灭的蓝里

夏　夜

夏天的夜晚
难得凉爽
期待已久的风
彬彬有礼地来了

邻铺的女生
正在火车上好梦
蚊帐空空荡荡
在灯棒下起雾

躺在竹凉席上
轻柔地冷却自己
插上一只耳机
制造半点儿雨声

狂　想

地球变成一个饭团
时间变成一个多纳圈
此处有花有树无语言
是世内与世外的接点

我们坐在云堆上
相爱时挪了挪凳子
会不会无意间
为他们制造一场阵雨

不如就

列车驶过——
携着风雨
告诉我
离离草原上
骏马歇了
夏花沐雨而眠

不如，不如就
藏身于
轨边的蔓草
听雨落下来
听雨声
远远近近

错过的春天

早先

我们经过这里却不知道

芍药静静地开

鼠尾草慢慢地长

栅栏背后

无花果就那么青着

无所谓甘美，无所谓酸涩

泥土在阳光中晾晒

两只灰喜鹊安然地散步、觅食

它们还有广阔的天地

不必把巢筑在树上

风起时，将农场唤醒

云朵继续流浪

风铃发出清脆的声响

我们错过的春天

万物正在到达

核桃树

院子里的核桃树
长了又锯，锯了又长

这些年
尤其半夜
常听见
枝叶哗哗作响

年轻的核桃树笔直站着
叶子落了多少，它不知道

老照片

水井里的天空依然清晰
瘦小的歪脖子树下
门是门，窗是窗

春风穿城而过
仔细擦拭一枚枚铜环，轻轻剥开
被蛛丝封住的兽口

这里静了，空了
只有檐角的一对麻雀
还在抖动羽毛
它们的争吵声
衰老而旺盛

不毛之地

空手而归
简陋的住所
原本就是一片不毛之地

漆黑，安静，落满了灰尘
和想象中并无差别

月光的幻术中
夜晚开始流动
寻找着什么

我将手伸向大地
摸索那把生锈的钥匙
唯有它的冰冷与熟悉
能让我打开记忆之门

春　恩

依然是春恩浩荡
庸碌的日子，被微风环抱

人声鼎沸间，柳丝轻垂
让新肉挤出伤疤
长成饱满的花蕾

潮湿的马蹄踩踏着
笑声，从低处上涨
揭开巨大的青铜假面
草色，次第归来

青海湖

动车驶过工厂，驶过高层建筑
驶过学校、旷野、村庄
而不停靠

何处是家乡
下一站，北方的北方

在青海湖畔
羊群和白云互为倒影
金黄的油菜花田里
散落着回忆的马

他们骨骼健硕，四海为家
为我带走，又带回了
西出阳关的故人

水　声

安静地，我漂浮在
一条无人涉足的河流
霜叶般清凉

夕阳——
慢慢沉没
光影的碎片
洒落在我心上

水波潋滟啊

每一个黎明
都有鸟儿顺水飞临
诵读我昨夜的心事

夏天就如此
匆匆离了人世

听 雨

失眠吧
为了这一丁点的雨
散漫的雨，冰冷的雨

你等的终于来了
"失眠吧。"
听听那女人的声音
在夜雨中扩散开来

我想和你一起回家

于是短暂而美好的一天
从此刻开始

夜色在空气中飘落
如黑色的鹅毛
积满所有隐秘的角落

我们坐在车里
将冬天驱赶，隔绝
血液从四肢
慢慢回流心脏

我们有时看看窗外
说说别人
也说说自己

更多时候
我们什么也不说，就这样
静静倚靠在彼此的疲惫当中

不开花的栀子树

一次次
秋风
满地扫起

偌大的树冠，翠色依旧
没有开放
反倒是
凋谢
如此决绝

唯有用一生的时间
叹息——
那些白过的
永不再白

好久没有热泪盈眶

已经习惯下班回家前
在车内静坐片刻

夜色像一滩淤泥
裹挟我
巨大的寂静
像一个牙印

想起下午在茶水间里
一个半生不熟的人，问我
最近还写不写诗

我咧嘴
没有听见笑声
却有些，热泪盈眶

此　刻

先是等来了太阳
然后等来了梅花

此刻欢喜，默许了雪
在白白的日子里雪白地下

乍暖还寒，上山的小路洁净
竹林摇曳，脚下生风

十年，河东
二十年，一梦
尘埃中的人抬头看花
此刻，尘埃洁净

花落之后

一颗杏熟了
就要离开枝头
放一放
才能慢慢酿出甘甜

杏有金衣，果肉，微苦的内核
人有皮肤，血肉，难啃的骨头

最后一口
类似于最初一口
从咬下，到咽下
汁液里隐藏着一生的河流

秋　意

果子熟了
就该落了

那些翩然飞过的
以为是落叶
原来是蝴蝶

在此之前
一切无需静候

好美的季节啊
不必回转

后　记

　　木心先生说，生活是这样的，有些事情还没有做，一定要做的，另有些事做了，没有做好。写诗，或者说艺术地生活，当然属于前者，是一定要做的，因为人的尊严和审美天赋，是老天给的礼物，一定要尽力抢救。

　　我大学文学院的一位老师曾在毕业典礼上给学生们寄语——在美好之中。毕业多年，每每在疲乏困顿之时想起这五个字，心中便会涌出一股暖流，洗我满身尘土，使我又能清清爽爽地将生命中的辛酸和喜悦一并笑纳。

　　拜伦有诗云，"She walks in beauty"（她行走在美的光影之中）。这大概就是诗歌能够带给我们的体验——可以一个人随时随地、心安理得地在美学中散步。弯曲的字符，是脚下的路；沉默的白纸，是理想中的净土。

　　整理从前的诗，不禁感叹："林花谢了春红，太匆匆。"七年的青春时光，合上只有薄薄一册。惭愧啊，惭愧什么，不好说。只感叹这时常感到的惭愧，也愈发加深了我与诗歌的缘分。命运这家伙，有时专弄有心人；然而终究待我不薄，为我制造了青春的荒漠，却也为我种下了文学的玫瑰。

史铁生老师说过："唯有文字能担当此任，宣告生命曾经在场。" 这也是我决定整理出版这本诗集的初衷——自知这样的青春之诗以后不会再有，唯以此种方式纪念这珍贵的时光。此外，这本诗集还要用来回馈我的三位恩师，他们与我萍水相逢，却付出了太多的时间和精力去雕琢一块木头，让它有了人的血肉和诗的灵魂。那么就以这本诗集，来郑重感谢他们的慷慨。

最后，希望这一百多首诗能够让我的读者朋友们（尤其是和我一样马上奔三，却依然迷茫、焦虑、庸碌的朋友们）对号入座，暂时歇脚。时光没那么短暂，也没那么漫长，始终以某种既定的节拍在生命的沙钟里静静流逝。也许我们大多数人并没有在经历一种完整的、美好的生活，但我确信，我们正在经历一种完整的、美好的人生。

2023 年 6 月于西安